迦琦 著

轻语华香

四川文艺出版社

图书在版编目（CIP）数据

轻语华香 / 迦琦著. — 成都：四川文艺出版社，
2020.7（2021.10重印）

ISBN 978-7-5411-5598-7

Ⅰ.①轻… Ⅱ.①迦… Ⅲ.①诗集－中国－当代②散
文集－中国－当代 Ⅳ.①I217.2

中国版本图书馆CIP数据核字（2020）第104316号

QINGYUHUAXIANG

轻语华香

迦 琦 著

责任编辑	程　川　周　轶	
封面设计	叶　茂	
责任校对	段　敏	

出版发行　四川文艺出版社（成都市槐树街2号）
网　　址　www.scwys.com
电　　话　028-86259287（发行部）　　028-86259303（编辑部）
传　　真　028-86259306

邮购地址　成都市槐树街2号四川文艺出版社邮购部　610031
排　　版　四川最近文化传播有限公司
印　　刷　三河市嵩川印刷有限公司

成品尺寸	140mm×210mm	开　　本	32开
印　　张	5	字　　数	100千
版　　次	2020年7月第一版	印　　次	2021年10月第二次印刷
书　　号	ISBN 978-7-5411-5598-7		
定　　价	48.00元		

自　序

　　掰指算来，从2004年我的第一首诗歌作品在报纸上发表，到现在已有整整十七年。这些年来，写作一直是我平凡的人生中不可或缺的一部分。从青葱年华到鬓染微霜，我还是那个安静的书写者，在自己的一方天地，挥笔心迹与梦想。

　　许多个夜晚，忙完一天的工作，我就在键盘上敲下心中的文字。夜深人静，眨眼的星星守在窗前，一杯清茶，一盏孤灯，一直陪伴到深夜。这是最踏实和快乐的时候。烦扰暂且搁置，那些文字是我最信赖最亲密的知己，聆听我倾诉过往。看那长短的字行，交织着无限诗情，任一抹诗韵的馨香，牵出涓涓情意，构思、思忖、字斟句酌，写下或朴实或清美的诗句。

　　写作是一个人的清欢，一段"孤独"的旅行，也是一个既艰辛又愉悦的创作过程。无论是"烟花三月"的早春，还是

"梅凌寒开"的寒冬，把四季轮回、山河如画和生命中所遇，用心刻写成优美的诗文，何尝不是一件幸事！

回首写作经历，我有许多感慨。青年时期在一位朋友的推荐下，我的第一首小诗在一家地方报纸上发表。看着自己的文字第一次变成铅字，激动的心情无法言语。此后，我陆续给多家报社、杂志社投稿，又发表了一些诗歌和散文。由于才疏学浅，也有稿件杳无音信的伤感沮丧。在迷茫的时候，一位作家朋友鼓励我：朝着你自己想要的目标好好努力就行，不要轻言放弃！这句话给了我信心和力量，我铭记在心，更加坚定地前行。

种种缘由，时至今日才将多年来所发表和撰写的作品加以整理修改，结集付梓。《轻语华香》是我的第一本诗文集，是我利用业余时间撰文的集结，书中以诗歌和散文的方式描绘了生活的点滴、回忆和感悟。精练的篇幅，质朴的语言，愿你读后有如品茗，丝缕回香。

从执笔到捧书，每当轻嗅墨香，方字入眼，便颇感欣慰。这本小小的册集印记了我的心路历程，是我一段诗文岁月的见证。回想走过的十余年，我从不后悔为写作所付之的心力和时间，也正是对于写作的这份挚爱和坚持，支撑和推动着我一步一步走来。

芳华似梦，文学如花。我庆幸，在懵懂的青春年华，在心底悄然栽下这朵文学之花，并与之相知相依相伴，它馥郁了我的人生，从此一路花开，诗意芬芳。

弹指间，即将迈进不惑之年，不禁些许感怀。正如在散文《琴音流淌入心来》中所写："尘世中奔忙的我，已经很久没有这样停下脚步，拣一段时光，宁心静气，任那些美好纯净的东西潺潺于心间了。"我想，应该尝试着放慢匆忙的生活节奏了，腾出更多的时间来阅读和思考，丰厚积淀；品味生活，在浮华的世界保持一颗沉静的内心，这样，才能让文思和创作走得更加深远。

　　感谢一直以来关心支持我的朋友们，在此深表谢意！
　　期待超越自我。

2020年3月于川中遂宁

目　录

·诗　歌·

第一章　诗意四季

·散文·

·诗　歌·

诗意四季

走过冬天

飞鸟偶然穿过空白的天空

我站在路口

静听风吟

怀抱里的冬天

带着心跳的温度

真实而迷蒙

未知的旅途

还在储存芳香

走吧

别让一个个冰冷的日子

在火炉旁边舒适地融化

跨过眉间一道道深深的沟壑

走过蜿蜒尘土的长路

走过一冬沉寂的无言

总会有一树繁花似锦

开满下一站春天

流

年

绕过光阴编织的藤架

牵牛花爬满回忆的空隙

拾起一片枝叶

似你清澈的眼神

即使在春暖花开

怎么也望不到来时的欣喜

阳光一寸一寸

消逝的黄昏

如越漂越远的纸船

载满来不及表达的言语

你把一个沉默的转身

写进结局

曾经的故事

在我的心间重复着枝长叶盛

一晃许多个春天

我和你

你的名字
是我的字典里
最圣洁的文字
——孩子

像一群叽叽喳喳的小鸟
课间雀跃地绕着我
撒下银铃般的笑声

有时　你也很安静
安静得像一颗露珠
我用母亲的温柔
轻轻为你拭去
眼角的泪滴

偶尔　你也淘气闯祸
你闪烁的明亮的眼睛
告诉我　天使的国度
需要理智的教导

现在　你是一颗种子

从知识的土壤里

汲取着养分

我多么希望　尽我所能

引导你　长成参天之材

每当你忽闪灵动

一点点萌发的智慧新芽

都让我无比欣悦

我喜欢　俯下身

和你对话

倾听你稚嫩的声音

每当你叫我

——老师

我满怀幸福

城市的蚂蚁

曲背向前

负荷着一粒米的重量

城市的蚂蚁

每天忙碌着搬运

属于自己的粮食

再苦再累

笑容挂在脸上

汗水化开积雪

对寒冷视而不见

因为坚信

春天不会遥远

秋
雨

初起的寒意

卷进几丝迷离视线

疾走的步伐

一不小心

踩碎跌落地上的串串珍珠

秋雨

牵着风的衣袖

停留寂静巷口

浸湿秋天的扉页

还在细语轻柔

可在等

一位撑伞的女子

有婀娜的身姿

和莹闪的眼

落在那长长的睫毛处

万般柔情

我找不回
我的童年

女儿的布娃娃不见了

哭着要我帮她找

我俯身弯腰

翻遍角落

终于找到了。孩子双手抱过

破涕为笑

她和布娃娃

都有着不谙世事的笑颜

合成了多么美好的童年

我想起来我的童年

走得太远

只剩下一堆发黄的照片

过
年

早已准备好的一声声欢腾

不经意就播撒开来

喜庆的浪潮

踏着乡音蜂拥而动

一种深厚的情结源古至今

编织进红红的中国结

粗糙的双手

把吉庆的春联扶上墙

沉醉的音腔

像一曲季节里欢颂的歌谣

爆竹声声吼除旧岁

崭新的愿望绽出光芒

年是围桌而坐的团圆吉祥

一碟碟菜肴散发出幸福的味道

手中的酒杯斟满祝福

笑语欢声飘进春天的门槛

梅花落

临江望

数枝梅

点点清逸摇曳

绣缀腊月

岁月轻掸

朔风撩拨

梅花落

从容疏离枝头

踏雪寻踪

回望处

风骨犹在

暗香余留

飘

雪

黄昏放慢了脚步

炊烟爬上屋顶眺望

冬天　岁月怀中一朵冷寂的花

风轻轻一摇

散落纷纷扬扬的花瓣

有几片沾上衣衫

故乡就融化在心头

那雪　又像母亲绣在裙边的花

多想捡一片

带上行程

黄昏

晚霞撑开一些光亮
把略带倦意的鸟雀
爱怜地揽入怀中
停在岸边
一只轻摇的船
望着那片银碎的水波
芦苇站立着沉思
看似平凡的今天
已被镀成金色
像一张泛黄的照片

一棵秋天的树

我的视野里

直立着一棵树

一棵秋天的树

我远远地期盼

朝霞为它涂上油彩

黄昏为它抚平创伤

然而它始终高昂着头

哪怕

只剩最后一片树叶悬挂枝头

也从不畏惧地

抖落一地风霜

寒夜

暮色罩住几声起伏的犬吠

紧闭的门窗

不肯收留游荡四处的风

几片瘦弱的树叶

蜷缩着

翻过身　继续酣睡

火盆里疲倦的灰星

忽明忽暗

母亲的侧影

在灯下轻晃

一针一线

添补着温暖

旅

行

简单的行李装进背包

从熟悉的街景

走进另一场灯火阑珊

一颗心远离尘烟

静静地体味

掬一捧甘冽的清泉

采一片远方的云霞

日出日落有剪影和足迹

丈量生命的意义

再美的路途总是过往

远行再远行

人生本是最美的风景

烟花三月

一支早笛吹开

一池春水

几缕清风裁出

细柳万千

烟花三月

桃花笑

莺燕啼

染一指绿意

衣袖浸花气

饮一片春色如酒

任光阴柔软

醉春烟

三月·桃花

从春天的渡口

开出的花朵

总藏着粉红的心事

兀自悄悄地红了脸颊

一朵朵桃花

连缀成繁华三月

从没错过的花期

像紧锁心头

约会的密码

谁也破解不了

与那丝丝烟雨

悸动纠结的心绪

五
月

知了的叫声

还没铺天盖地涌来

栀子花初探身影

一缕芳香

倾吐系念的秘密

一弯清月

温柔了一片梦里水乡

搁于乌篷船

晃动的心事

任由一支摇橹

摆渡

一把单薄的纸伞

一身烟雨

所有的情节简短成诗

等你

是唯一的注脚

桃
花

早春的蝴蝶

一不小心轻扰了

谁的粉红的梦境

寻觅的脚步

百转千回

是妖娆，是淡雅

初见便红了脸庞

在我眼中投下一道倩影

关于桃花

开在平平仄仄的唐诗

还是一染多情的宋词

你只浅笑

就叩开我久闭的心门

在时光中
流淌的河

远去的步履

踏进一条河

流淌远山白云之间

百年故事不过

几张面孔　几副身躯

卷起浪花几朵

怒吼的硝烟

嘶鸣的马匹

静静地流过肃穆的历史

生命即使要和终点对视

有梦还在头顶盘旋

催开八月里盛开的花

垂
钓

一根鱼竿

横卧水面

像长长的静止的时针

垂钓者悠然远望水面

不为那一尾尾贪吃的鱼儿

垂钓

一段被几声鸟语，几簇花红

宠溺的时光

致屈原

擎举的双手

已无法撑起倾塌的王朝

楚王昏昏欲睡

前庭回荡阵阵狞笑

有谁在意你悲愤的仰啸

纵使离去

也要以站立的方式

青山垂目

从此　汨罗江浊泪东流

《离骚》是你灵魂的独白

那棵橘树

带着你的理想

开若繁华

呐喊声声为你呼唤

船桨为你划开通往天国的路

那素净的日子

不只有粽子和艾草的追念

你用铮骨清白诠释的生命

锤开了一道

光明与黑暗的界线

三月的思念

那片金色的油菜花
翻开了季节的扉页
狗尾草在村头的路口
悠晃着脑袋
等一声
远方而来谙熟的呼唤
悠腾的炊烟
熏醉黄昏的眼眸
而母亲的心
像搁置的鸟巢
被游子的背影掏空

八月的夜

夏蝉陆续退场

秋虫用清音

拾掇草丛的杂冗

没有星星的夜空

一点渔火

为娉婷的荷照亮黑夜

我看见自己的影子

被八月的风吹得更单薄

突然一颗熟透的莲子

咚地落下

像我的心

兀然沉入水底

致老师

你的目光

温暖秋霜冬雪

纤细的粉笔

一笔一画

把顶立为人的事理

写进幼嫩的心灵

渡一群懵懂的孩童

通往知识的彼岸

多少次　你还站在渡口遥望

不舍地挥别

一个个远去的背影

方尺讲台

热情不退

信念不灭

光阴刻下皱纹

岁月微熏华发

回顾你用青春灌溉的事业

已是桃李满园

一朵盛开的荷

暮色深处

一朵荷

如禅者端坐水中央

污泥不染

心静无尘

今夜，我沐一身月光

赴一个长久的约定

沿着荷塘

走近一朵盛开的荷

如见

一位品洁的圣者

纸飞机

又一次

离开紧握的手

飞向广阔的天地

每一次

勇敢地起航

就离梦想更近一点

小小的纸飞机

乘着风

展翼翱翔

小小的身子

在空中

画出优美的弧线

努力

再努力

飞向更高　更远

立
秋

秋天的脚步如此轻悄

夏蝉还不舍离去

秋虫的歌声四起

一轮秋月

腾出一片清凉

立秋

我们守望一片灿烂的金黄

春天的种子

被阳光和汗水

一路拔高

一点点鼓胀

在收获之前

所有青葱的成长

都是成熟必不可少的修炼

一从菊，
说开就开了

顶着秋的色彩

一丛菊，说开就开了

在某个清晨

冷不防从草中央蹿出来

路旁拥聚着笑闹

抱着大捆稻子的父亲

从田间走过

忽略了这小小的

清秀的面庞

它一点也不在意

再小也要抬起头

任凭清冷的风

穿过胸膛

梦回江南

临水的故事

从一场烟雨墨韵开来

石桥如虹

落花淌渡

所有的语言

轻柔成四月的柳枝

摇荡温柔水乡

是谁弹一曲古琴

牵绊了风的脚步

雕花楼阁

怀抱一弯旧时月牙

你的眼眸如泓

在我梦中停落

立

冬

一场初雪

像放牧的羊群

满大地奔走

觅食的麻雀

被风赶着

跌跌撞撞

闯进冬天的入口

总有一些树

坚守着它的绿

像我们依然坚信地

立下新的心愿

再就着风雪

一点点把寒冷嚼碎

冬
至

最冷的时候
父亲把老屋的炉火
拾掇得红红旺旺
跳跃的火苗
拨动着我们心底的希冀

母亲的叨念和嘱咐
包进鼓胀的饺子
让那味蕾的幸福
驱走刺骨的严寒

最冷的时候
我们把一树寒梅
当作春天的指针
揣着呼啸的北风
把一片片雪花
踩在脚下

在三月，为你写一首诗

第一声鸟啼
唤醒山涧
第一缕和风
摇醒柳枝

在三月，让我为你写一首诗
描出你微笑的样子
像阳光中点点闪亮
像山林间明媚春光

在三月，我要为你写一首诗
绘出眉间的欢畅
寒冬在你眼中消融
一定有一只燕
衔春而来
一定有一朵花
为你而开

写在春天的诗

蘸一抹墨香
带着风的体温
让心思通往春天的轨道
以一朵云的身姿
探问一棵尖芽的小草

一条河流
淌过故乡清晰的脉络

站在季节必经的路口
等候一只蝶翩然到来
还有一树梨花如雪
开在梦乡

向日葵

金灿灿的花瓣

烙印阳光的底色

鲜绿的枝叶

舒张生命的活力

向日葵肩并肩

站成一片金色的海洋

当季节的手笔

把一粒粒黝黑饱满的果实

篆刻成密密麻麻

丰收的文字

向日葵谦逊地低下头

用一腔炽热的情怀

守望秋天

无论风吹雨淋

它的内心

有昂扬的微笑

桂
花

于茂密的枝叶之间
桂花小小的身影
低入尘土

浅黄裙衫
花团簇拥
淡淡的幽香
随风而走香飘十里

明月清心
秋雨入怀
桂花是如此安静的女子
在秋的世界里
独自欢喜，独自飘零

叶底的蝉鸣

听聒噪的鸣叫

躲在哪片叶底

一起一伏

坐不住的童年

一只耳朵早已伸出窗外

离钢筋丛林最近的地方

蝉还年轻

热情敲破凝固的空气

强烈地震动鼓膜

被汽笛湮没

蝉依然神色自若地

抖落躁动的尘土

我慌乱地推开虚掩的季节

搭上夏天来去的班车

敲不开身后

时光紧闭的门

春之韵

流光牵来一片暖阳

拨开缤纷的乐章

春之韵

铺展开桃红柳绿

醉了路边的村庄

草长莺飞

暖了寂冷心田

听那久违的重逢

可是春回的声音

离阳光更近的地方

梦想正悄悄发芽

盛
夏

阳光翻晒着干草

发烫的发根

树梢又挂满童年的蝉鸣

外祖母的蒲扇

悠然摇着古老的歌谣

和一个翻念的故事

夏天的情思

被荷尖停留的红蜻蜓

轻轻一点

就洇开了一个美丽的梦

在海洋生物馆

不曾想

以这样的方式

面对面

我不忍与你对视

不敢看那空洞的眼神

僵硬的姿势　微翕的嘴

想表达什么

都被禁锢

这一具具标本旁

赫然写着

——鲨鱼　海龟……

我想象中的深海的精灵

隔着玻璃橱窗

有多少秘密

已被风干

石
榴

等那一季如火的花

开在微寒的风雨中

石榴像小小的灯笼在枝头摆晃

那时我还不确定，石榴是否能

撑起一个丰收的日子

阳光轻抚她

石榴涨红了脸

她仍旧低头沉默不语

即使，怀抱着

一颗颗莹亮的珍珠

风
筝

只想去看看世界
一不小心飞出了
在你仰起头
看不到的地方

你慈爱地把手中的线
放到最长
任我极尽展翅，无论多远多高
就算望穿了秋水
望生了白发
望得夜夜不眠

这根长长的线
紧紧地攥在手中
再远，也飞不出你的牵挂

第二章

情深意长

四月的诗

杏花雨

袭染一幕春色

短笛清音

像诗歌　长长短短

深深浅浅的独白

四月复来

你还是记忆的模样

眼是一弯湖水

微笑荡漾唇边

顺着小径

能否遇见

昨天停靠的蝶

庭院柳絮纷飞

遍山开成花海

可是我　怎么就走不进

你的春天

十
年

请原谅我的执着

在我最美丽的时刻

无法不眺望远方

看尽风景

偶然的回望

你如初般温雅

恍如隔世

原来你在这里等我

晴空灿烂，我泪如雨下

纵然时光一折再折

我们错过的

何止一个浅浅的

拥抱

流

星

静夜

身无旁人

你的心

停靠何处

如果你记不起

或者已经忘记

我在你生命中

来过的痕迹

当你抬头看

天空划过一颗流星

那是我滴在心间的

一滴眼泪

转身

你的行囊，装满我的心情。
人潮涌动，淹没你我。

说好微笑着告别。
你转身向南，我转身向北。
你已看不见，我转身的一瞬，
泪水在三月的细雨里纷飞。

第三章

故土乡情

回
家

梦，可以暂时搁浅

行李也可以简略

回家的愿望在心口

被一再压紧，又弹起

汗水浸泡的辛劳，可以不记

粗糙的双手，也可以忽略

无际的夜，不曾忘却

在远方，亲情无言的守望

千里路途

挡不住归家的脚步

回家，一张车票

把一沓思念的日子

打包上路

回家，一张车票

就是一剂最好的药膏

止住胸口阵阵的灼痛

没有什么心愿比回家更急切

期望与失意按下暂停

寻梦的旅程折返方向

异乡的月

哪亮过故乡

故
园

月牙像收割的镰刀

老屋　苹果树

还有日渐丰腴的土地

故园　从一盏新茶氤氲中

渐渐分明

一盏昏暗的吊灯

暗淡了城市的烟火

浓厚的乡音

在耳畔不断发酵

千里之外

父亲的咳嗽

一声声截断岑寂的夜

三月的油菜花

是谁的画笔
泼墨那一片耀眼的花海
让孩提的欢愉
在那一片亮丽的金黄中
尽情挥洒

三月的油菜花
披着春的衣衫
听季节的指尖
弹奏一曲乡恋
一颗朴质的心
在故土安稳如昨

三月　一朵又一朵油菜花
站在枝头翘望
等你　在这花香时节
远赴而来
携一缕乡情
轻喊它的名字

思乡

辗转的夜

乡情是一杯清苦的茶

被反复咀嚼

梦回家园

门前那棵枯丫的老树

只接住几声远去的鸟叫

母亲的霜发

又染白了几丝

父亲的烟袋

腾起团团落寂的云雾

怎能释怀

临行前

一句句乡音缝进衣衫

故乡是一枚纽扣

紧扣心上

·散　文·

五彩糖

天气转寒，我着了凉。上课的时候，我不时地咳嗽。这天下课，我照例抱着课本走出教室。"老师……"一个怯怯的声音在身后响起。我转身，看见英正从衣袋里掏出几颗糖粒，递到我面前。

我的心一颤。英是个很普通的女孩，她很努力地学习，可是依旧成绩平平。与其他活泼的孩子不同的是，她非常内向，不善言语，甚至有些木讷地坐在教室的角落。

"老师，给你。"英摊开手。"谢谢你，老师不吃，留着自己吃吧。"我微笑着说。她没有动，小手仍然执拗地伸着。几颗圆溜溜亮晶晶的糖粒静静地躺在她红嫩的小手心，红的，黄的，绿的，白的，挤在一起，煞是好看。她羞怯地看着我，带着请求。她一定以为这些漂亮的糖粒可以让我的咳嗽好些。平时我竟疏于关注这个多么懂事的孩子!

我蹲下身,拣了一颗红色的放到嘴里,甜甜的味儿在嘴里慢慢溶化开,浸润着干涩的嗓子,一直甜到心里。"真甜,老师的嗓子好多了,谢谢你。"我感激地摸摸她的头。她咧开嘴,露出从未有过的灿烂的笑脸。

孩子蹦跳着远去,我的心绪无法平静。那一刻我明白:其实,每一个孩子都是一个精彩的个体,就像这五彩糖,每一颗都是一种明丽的色彩。

一个发错的笔记本

学校买了钢笔和笔记本，奖励给各班学习优异的学生。

我站在讲台上，响亮地叫着一个个名字。得奖的学生掩饰不住内心的喜悦，在同学们的掌声中走上台领取奖品。

轮到欣了，由于一时大意，我竟脱口而出"欣民"。多了一个"民"字，这恰好是另外一个孩子的名字。他上学总迟到，拖欠作业，还经常惹事，着实令人伤脑筋。此时，欣民已经慢慢站起来，红红的脸上带着惊讶的神情，所有的孩子停止了鼓掌，不解地看着欣民，又看看我。

我在心里责怪自己的疏忽，然而事已至此，没有更改的余地了。欣的笔记本可以补上，但我知道，欣民这个孩子的自尊心非常强，如果这时我纠正过来，欣民会羞愧难当，亦会万分扫兴。我急中生智，干脆将错就错，出乎意料地对他进行表扬，或许能够激发他的上进心呢！

想到这里，我又大声地叫了一遍"欣民"。面对许多充满疑惑的眼睛，我稳定了一下情绪，微笑着说："我来告诉大家为什么要奖励欣民。欣民同学很聪明，而且画画得非常好，班里的板报大多数都是他画的，这是大家都看到的；他尊敬老师，每次见到老师都会主动招呼，这说明他很有礼貌；这段时间，同学们反映他捣乱的事情少了，这也是他进步的表现。你们看，他有这么多优点，我想肯定还有许多是老师和同学都没有发现的，所以奖励他是老师对他的鼓励和信任，我知道他不会辜负老师的信任，以后会做得更好，我们应该相信他对吗？"教室里响起了热烈的掌声。欣民眼睛亮亮的，在全班的注视中，兴奋地走上讲台，从我手里接过那个精美的硬皮笔记本。

从那以后，欣民像变了一个人，他爱学习了，不再故意捣蛋。我抓住时机，每当他进步一点儿就及时地给他鼓励表扬。渐渐地，他的缺点少了，学习也积极努力了。让我欣慰的是，期末的时候，多门功课还得了"A"，他成了一个好学生。

没想到，一个发错的笔记本，无意中改变了一个学生。足见善用鼓励和表扬对一个孩子的成长是多么重要！

琴音流淌入心来

那是我的心第一次离音乐这样近。

陪女儿去学钢琴，在琴房门口等候。一个年轻女子走进隔壁琴房。白皙的皮肤，端庄的五官，约莫二十出头，牵过一袭长裙优雅地坐下，随后，一双修长的手指开始在琴键上灵活地跳动起来，灵巧地来回起伏，按下，弹起，又按下，再弹起，轻快如两只小鹿，在快乐中跳跃，在跳跃中快乐。随之而来的，是高高低低如水般流淌的韵律，时而轻柔，时而舒缓，每一个音都那么透明、单纯、干净，如跌落玉盘之珠，如山间滑动之泉，无拘无束地倾泻着无限的浪漫与柔情……

我被这美妙的演奏吸引了，心中好像有什么骤然苏醒，仿佛看到万花盛开中群蝶纷飞，旷野碧草细雨缠绵，耳边有莺燕喃语，若伊人低声诉说……

那是一次忘情的音乐之旅。那些如精灵般的琴音，将肺腑的烦尘澄清滤过，让人忘记了都市的喧闹，潜心静气，心忽然就变得柔软清透。那一个个流淌跳跃的琴音，连成一个宁静的港湾，让心灵自由小憩，平和中备感心旷神怡。

女孩沉浸在她的音乐的世界，而我则陶醉在她所营造的世界里。她完全没有注意到窗外站立的我，我也忘记了琴前那个美丽动人的她，我们都很纯粹地徜徉于音乐的天地间！

"妈妈。"女儿的呼唤打断了这次心灵的漫游，"我们该回家了。"女儿说。

猛然想起，尘世中奔忙的我，已经很久没有这样停下脚步，拣一段时光，宁心静气，任那些美好纯净的东西潺潺于心间了。

雨　巷

　　秋天的雨，清清绵绵从天空徐徐飘洒。一条狭长的小巷静静地朦胧在烟雨之中，蜿蜒开去。从窄窄的巷口望去，两排老式的矮房从容地伫立；宽厚的石墙，由于年代久远，墙面好些地方已经脱落，裸露出灰褐色的墙体；光滑的青石板拼凑的路面，高低不平地泛着青白的水亮。

　　我挽起裤管，轻踮着脚，拣着水洼处绕过。儿时的记忆犹新。那时候水泥路很少，楼房也很是稀有，一排排平房之间，随处可见的小巷，像树叶上的经脉，在小城伸张绵延。

　　我家离学校很近，穿过这条说不出名的小巷就到了。一到雨天，巷里凹凸不平的洼地成了我们的乐园。踩水、捉水泡、放纸船，任凭雨水溅满裤脚。矮房里时常有人伸出脑袋，拉长声音善意地提醒："小——娃——儿，耍嘛！一身都是水，看你们回家哪门说！"于是我们便欢叫着散开跑远。

后来，毕业了，搬家了。许多年后一次偶然的路过，小巷还在，而从前这里的住家户，搬的搬，迁的迁，早已没有了人迹。它的周围，也雨后春笋般拔地而起一幢幢高楼大厦。小巷成了现代都市一道纯朴的风景。

又一次走进小巷。在这冷清的深巷，撑伞慢行，脑海中浮现戴望舒的《雨巷》，由生悠远的遐思。

迎面走来一位路人，在擦肩而过的瞬间，我们不约而同地靠近墙壁微微侧身，我怕雨伞挡住他的去路，而他，大概是怕滴落的雨水打湿我的衣服，把伞举得高高的。这狭窄的小巷，反倒让人与人之间多了一份谦和与包容。

不知不觉，出口处已在前方，隐约听见了汽车喇叭声，喧嚷声。即将投入钢筋密林的喧哗，我不由得放慢步子，仿佛不愿走出一幅和静的画卷。

栀子花开

又是栀子花开的季节。

卖花人把栀子花串成一串，挂在提篮上叫卖，像提着一串串洁白的项链，走近，便有一股沁香扑鼻。

栀子花苞呈长卵形，被如丝般光滑洁白的花瓣层层包裹，盛开时花瓣层层向外舒展，露出嫩黄的花蕊。栀子花一般生长在南方，所以家乡的栀子花随处可见。小区里，校园里，阳台上，似乎只要有土的地方，无须刻意栽培，一到夏天，便香溢枝头。

对于栀子花的记忆，一下子把我拉回到多年以前。小学的时候，家里的阳台上种了一盆栀子花，每到夏天，花繁叶茂。花开朵朵，清新秀丽地绽满枝头，远看像一个个白净的小精灵在油嫩的绿叶间谈笑，越发引人喜爱。邻里路人，都忍不住夸

117

花开得好。

　　每当发现花开数朵，我总会高兴地告诉母亲，还常常指着它们一朵一朵地数，数到最后总也记不清哪朵数过哪朵没数过了。母亲笑着说："太多了，怎么数得过来。"花开多了，母亲会摘一些送给邻里和同事。每天上班，她自己也摘一朵，别在衣服扣眼里，从不擦脂抹粉的母亲，更显朴素端庄的美。

　　等到花开过了，雪白的花瓣渐渐枯成淡黄色，我就用线一朵一朵穿起来，挂在床头，淡淡的清香伴我入梦。

　　后来长大了，搬家的时候，东西太多，遗憾的是，没有带走那盆栀子花，不知是否年年繁茂如初。

　　前些天走进教室，有大胆的孩子拿一朵送到我跟前，说："老师，送给你。"腼腆的孩子则偷偷放一朵在讲台上，然后趴在座位上偷偷观察我的反应。我拿起花，放在鼻尖轻轻嗅嗅，高兴地对他说："好香啊！谢谢你。"孩子便红着脸笑了。孩子的世界就如栀子花般纯洁，不带一丝尘俗和功利，老师的一句赞美，一个鼓励的眼神，足以让他们开心许久。

　　栀子花开，如此可爱。我爱这莹洁的栀子花，给世间带来的美好。

有梅凌寒开

南方的冬天并不太冷。入冬以来，我的楼顶花园仍是一派美不胜收的景象，虽偶有几片干枝黄叶或夹杂在绿叶间，或随风飘落，却没有一点残败萧条之感。开花的植物也争奇斗艳：紫色、白色的小喇叭一样的叫不出名的花满天星般点缀草丛中；三角梅开满玫红的花朵，从高高的架子上披散开，像一树倾注而下的花瀑；大朵的月季在枝头红得亮眼……

唯独一树蜡梅开得晚。满枝梅才打满花苞，偶见几朵小花零零星星地半开在弯曲的虬枝间。

冬至过后，气温略降，终于有一丝寒冷的气息了。此时的蜡梅，才不急不慢地张开了几朵黄色的指头般大小的秀气花骨朵儿，依旧迟迟不见满树怒放。

小寒到，气温骤降。次日一大早，拉开窗户，便见对面的房顶上积了薄薄一层雪。一向和暖的南方小城竟飘起了雪！我惊喜地几步奔到花园，本为看雪，没曾想眼前的景象令我惊讶——这场突如其来的寒雪使得一度开得正艳的花全部枯谢，花瓣无力地散落一地，仅余空空的枝头，让人心疼不已。而旁边的一树蜡梅竟在一夜之间全开了！一缕缕脱尘般的暗香直入鼻翼，让人神清气怡。一朵朵梅花精神抖擞地绽放枝头，那一点点的淡黄色连成一树，成了绿叶丛中最鲜丽的色彩！

"墙角数枝梅，凌寒独自开。"大雪压枝，百花残，一树蜡梅傲雪绽放！风刀霜剑，天寒地冻，只有梅，经受住了恶劣气候的考验，且愈寒冷，开得愈鲜艳！

那一树树傲雪寒梅，终究站成了冬天里最美的风景！

夏　夜

　　风轻，云渺。月光滤过一般清亮。几颗星星，如散在黑色幕布上的钻石，于夜空中偶尔闪亮一下。

　　夜幕的包围中，四周静谧且安详，整个城市如婴儿般沉沉睡去。

　　这样的夜，享受静寂，享受独处，最好不过了。关上手机，远离让人眼花缭乱的电视和昏昏欲睡的街灯，去林间漫步吧。

　　如洗月色下，高低错落的树木静立道路两旁，迎接不请自来的朋友。暑气退去，凉意渐深。那凉，不似春天带着微微暖意那般凉得不透彻，也不似秋天的寒凉入骨，那是从肌肤慢慢浸入肺腑的舒心的沁凉。加上悠悠花香，如清泉浇灌，一扫心胸的烦闷。

脚底轻击石板发出清脆的响声，欢快远荡。草丛中时而蹦出几声虫鸣，时而是呱呱的蛙鸣；不远处的小河泛着银光，奏着潺潺的旋律。大自然的悦耳和音，如小提琴般自然流畅，不带一丝杂音，一切都充满了诗意。

没有白天的炽热奔放，没有街市的嘈杂，夏夜以一种恬适内敛的姿态，将一腔柔情渗入树木，融入芳草，化成了一缕缕潮润的空气，把浮躁的心轻轻抚平。

夜色里，我惬意如一尾鱼，不受约束地自由游弋，思绪也随风飘飞畅达天宇。

此刻，无论往昔与未来，波涛起伏已如涓流润泽心坎。洗尽铅华的心在黑夜深邃的胸怀里变得坦然，学会了善待、包容与波澜不惊。细细感受这份淡然，如品人生，宁静方致远，从容淡泊才是真。

清风明月相伴，心旷神怡小憩，这，也许就是美好的夏夜最好的赐予。

樱桃熟了

四月，沿街卖樱桃的多了起来。人行道上，每隔几米，就有一两个手提敞口船形竹篮的小贩沿街售卖。篮子里的樱桃玻璃球般大小，像成堆的宝石，莹润饱满，红得发亮，红得诱人。

樱桃成熟的那段时间，每天下班回家，总能看到桌上摆着一盘洗净的又大又红的樱桃，母亲笑着说："快吃吧，知道你爱吃樱桃，给你留的，新鲜着呢！"我要母亲一起来吃，母亲忙摆手："很甜的，我都吃过了。"看我吃得津津有味，母亲在一旁露出心满意足的笑容。

有一次提前下班回家，我却看到了意想不到的一幕。当我轻轻打开门，正望见弓着背坐在桌旁专心挑拣樱桃的母亲。由于上了年纪视力不好，她轻轻拈起来仔细看了看才放进盘子。

在她面前，樱桃被分装在两个盘里……我走近看，一边盘里是少量的樱桃，看上去果粒较小而且不太红，另一边盘里，正和我平日看到的一样——一颗颗圆润鲜红，透着亮光……

顿时，我感觉喉咙像被什么哽住，说不出话来……

我的楼顶花园

我的住房位于市中心一幢小区顶层。更上一层楼后，有一个九十多平方米，铺着浅白色地砖整齐干净的楼顶花园。在原来房子主人精心打理下，这里成了水泥森林中另一番景致。

花园两旁栽满葱绿植物，土好阳光足，即使已多日无人看管，它们依然葳蕤茁壮。右边靠墙砌了一条一米宽的花坛，叫不出名的植被长得足比人高，长长的枝叶伸出了围坛，垂下条条绿荫，还有些红黄小花星星般散落其间；一瀑三角梅缀满玫红的花朵；一棵橘树正结出数个指头大的果实；矮小的柚子树挂着几个拳头般大的青柚子……

左旁，宽大的瓷花盆里种有铁树、绿萝、君子兰、月季、石榴，一片绿意盎然，引得蝴蝶蜜蜂时时穿梭其间；鸟雀啾叫着停歇树枝，看人走近，便机敏地一拍翅膀，蹬开树枝飞走了。

女儿非常喜欢这个小花园，一有空就要我带她到屋顶玩，这里成了她的乐园。

她低下头去和一片片植物亲密接触，仔细抚摸，甚至一颗晶莹剔透的露珠无意间落入掌心也能带给她许多欢笑。她兴奋地去抓停在花上的蝴蝶，还因为发现泥土里的几只蜗牛而欢叫不已。我往花坛里撒了些花生和蒜，没几天便破土而出，女儿每天都惦记着去比比看看它们又长高了多少……

修修枝，浇浇水，松松土，每到花园我都会侍弄这些花草。它们展示着蓬勃的生命力，精神饱满地迎接我的到来。久而久之，我们已默契得像朋友，彼此心有灵犀。我快乐，它们和我一起随风轻摇翩跹；我沉思，它们陪我静立不语……

这个花园已然成为我生活的一部分，一天不上去走走看看，便觉得缺少点什么似的。我常常一来就是好久，流连其间，总也看不够那片绿色。每一棵植物都是那么生动真实，素雅恬静，与呆板的白墙、喧嚣的街市形成强烈的反差。身处这一块远离喧哗的都市绿洲，内心拥有了一份安宁与舒畅。

站在楼顶，头顶不时飞过一群鸽子，近得可以听见振翅的声音。纯净的天空就在头顶，仿佛伸手便可采下一片白云。视野开阔，空气清新，心也变得豁然敞亮。天晴之时，搬几把椅子，一家人围坐谈天，其乐融融，像极了农家院里的悠闲安逸。

爱人说，可惜我们的新房子快建好了，要不然，也买套顶层房子，可以做个楼顶花园。我说，其实每个人的心中都有一座花园，别忘了常去看看，那属于自己的怡然安适的天地。

爱意融融的毛衣

倒腾衣物，从柜底翻出一件毛衣，淡黄色，高领，手工针织。毛衣极厚实，虽然被压得平紧，掂在手中仍能感觉到它沉甸甸的重量。

这是多年以前，母亲亲手为我织的毛衣。针脚纹路虽有些陈旧，但温馨如故，如同铭于脑海的母亲灯下织衣的情景。

那年入冬，母亲无意间握住我冰凉的手，心疼地埋怨我穿得太少，数落着那些漂亮时尚的毛衣太薄了。买的毛衣再好，哪有自家织的保暖呢？母亲说。随后，她决定亲自为我织一件毛衣。

母亲买来上好的毛线，特意挑选了我喜好的颜色，量好我的身形尺寸，一针一针地织起来。

母亲的休息时间几乎都用在织毛衣上。她将毛线和毛衣针装在塑料袋里，放进随身的手提袋，只要一有空她就会拿出来织。每天晚上，我在电脑前打字，母亲就膝盖上搭一层毛毯，坐在沙发上两手不停地织着，连往日喜爱的电视剧也无法吸引她的目光。

母亲年轻时有一手织毛衣的好技艺。小时候，我身上穿的毛衣都出自母亲那双灵巧的手。有时到商店买东西，不认识的阿姨会叫住我，打量我的毛衣问我是谁织的，我就骄傲地说，是我妈妈织的。心里别提有多高兴！

不过，母亲已有好些年没织毛衣了。退休的她，身体已不如从前健朗，视力也减退不少，尤其是晚上，用眼时间稍长便会觉得干涩模糊。坐久了，腰椎颈椎都酸痛。织毛衣这样的活，对母亲来说已不再是一件容易的事。我心疼母亲，嘟哝着买件厚毛衣不就行了吗？满大街都有毛衣卖，何苦这样费时又费力地劳累呢？母亲叹口气摇摇头，又低下头去继续忙碌。

母亲有时在我身上比比画画计算着针数，生怕织得不合身。重拾针线，她已经不会织那些漂亮的花纹了，她怕算不好针数，况且长大的我对于以前那些图案不一定喜欢。不如素色经久耐看，这样还可以节省时间，保准冬天能穿上，母亲说。

每隔几天，母亲手中的毛衣都会变长一点，我在欢喜之余又不免闪过一丝愧疚——母亲的疲乏和憔悴也在与日俱增！

隆冬来临之前，母亲终于将织好的毛衣放到了我手中，母亲的脸上，一种发自内心的欣慰，如同完成一件神圣使命。我迫不及待地穿上，暖和中透着一种自在的舒适。母亲握着我暖热的手，额头的皱纹舒展开来⋯⋯

那件毛衣我一连穿了几个冬天。后来，我习惯将外穿的羽绒服买得厚些，加上保暖内衣，这样只需一件较薄的毛衣便能既方便行动又能轻松过冬，母亲织的毛衣就显得臃肿了。不知从何时起，母亲织的毛衣就被搁在衣柜里，一搁就是好些年。

虽然买过各种款式的毛衣，但对我来说，母亲织的毛衣是最珍贵的，它是在哪个服装店也买不到的，这毛衣有一个恒久且温馨的品牌：母爱。

赶早市

　　为了赶早市，我起了个大早。母亲告诉我，夏季买菜要趁着早晨天气凉快，不然日上三竿，等到半上午再出门就要把人晒化了；再有，早上的菜非常新鲜，菜贩一大早现摘现收的，有得挑选，若是来晚了，太阳晒蔫、水分蒸干了，不新鲜还不划算。经母亲这么指点，趁着太阳还没出来，我提着塑料袋赶往菜市场。

　　市场内人来人往，熙熙攘攘好不热闹。鲜嫩欲滴的莴笋大葱甜椒披绿穿红，冬瓜莲藕腰粗臂壮……摆放整齐的蔬菜堆成小山挤满摊位，摊主们热情地招呼前来的顾客："妹妹，过来看看嘛，今天的黄瓜新鲜得很。""婆婆，需要选几块豆腐？煎着还是煮着吃？"……逛早市的多是有经验的阿姨阿婆，也有晨练完顺便带点菜回家的，不慌不忙地看看这个问问那个，货比三家，一番问价砍价，挑选付钱，摊主则熟练地过称，算账找钱……偌大的市场，人浪声潮，人头攒动，显得忙碌而有条不紊。

我事先计划好了需要买的菜——母亲爱吃西红柿，爱人要吃蘑菇，女儿最爱的毛豆，我想买的鱼……直奔对应的摊位，在一个摊前买了些葱，再买几根芹菜时我已没有零角票，递张整钞让她找零钱。摊主是一位老人，她摆摆手说，不用了，这几根芹菜送给你。我有点儿过意不去，她却憨厚地笑笑说，都是自家种的，没啥。农家人的淳朴厚道让我感动。是啊，社会就是个大家庭，人与人之间，多一些豁达大度和关怀理解，才会更加和谐美好。

这里买点那里称点，不知不觉一圈逛下来，手中的几个塑料袋都塞得满满当当。太阳已经高高地挂在天空，阳光火辣辣地照射过来。我两手提着沉甸甸的收获汗流浃背地往家走，想着中午一家人围桌边吃饭边聊天，心里喜滋滋的。只要心中有爱，就能把柴米油盐的日子过出幸福的滋味。

没有哪条路是容易走的

　　和朋友去灵泉寺游玩，在山脚下的寺庙旁发现有一条崎岖小路，我们决定爬山登顶。

　　小路较陡，我们一路气喘吁吁大汗淋漓，好不容易爬到山顶。我对朋友说，上坡确实太困难，也许一会儿下坡就容易了。朋友说，那可不一定，走着看嘛。

　　游览完山顶，我们开始了下山的路程。这次我们选择了一条坡势比较平缓的主道路。几米宽的水泥地面，一路舒缓向下延伸。

　　我们走得很慢，边走边聊，开始没有感觉到任何不适，但越走就越不对劲了。为什么呢？因为虽是坡度不陡，但在下行时，身体因惯性作用要向前俯倾着，这样就得时时把握住身体的重心和行走的速度。必须控制着身体和腿脚，如果稍不留神，便不由自主地几步并着向前小跑起来，由于一直有向前的冲力抵住鞋尖，脚趾也被顶得一阵阵生疼。

当我们终于到达山下平顺大道，我小喘吁气地感叹，没想到下坡也不好走啊。那平地呢，这总是最好走的吧。我揣思着。

我们走向一条笔直平坦但不算宽阔的路，沿途有卖香蜡和纪念品的小摊。我忍不住停下来好奇地观看，其间时常有观光车来回开过，朋友拉住我：小心，车！我侧身让过车辆的同时还得留心别撞上迎面而来的路人。这样走久了，便觉有些疲惫。

没有哪一条路是好走的。我对朋友说。这与工作生活是何等相似。我曾抱怨工作的种种不如意不顺心，羡慕朋友有一份既轻松又收入颇丰的工作。朋友摇摇头，将他从未说起的苦衷一一道出。末了，朋友拍拍我肩头，说，人生没有一条容易的道路。

是的，既然没有捷径和坦途，我们就要有战胜困难的决心和勇气，才能抵达每一个目标。

悟 "道"

　　《庄子·外篇》里写了一个关于"道"的故事：有一个轮匠（专门造车轮的工匠）听到齐桓公在殿上读书，便问他读的什么。齐桓公说，是古代圣人写的书。轮匠说，那些书读了不可靠。齐桓公问怎么讲。轮匠说，我做了一辈子车轮，我就知道，做车轮最困难的是在车轮的圈辋上打眼儿，插入辐条。打眼的时候，我这辈子自己都说不清楚是怎样打好的。眼打大了辐条插进去是松的，车走不远就脱了；眼打小了，辐条插不进去，拿斧头捶，一下轮辋就裂口了。要掌握那一点分寸极不容易，我做了一辈子，也没办法把这点经验说出来教给儿子。所以书上但凡说得清楚的，都是不重要的。

　　这个轮匠精通技艺却说不清楚究竟怎样打眼儿插辐条，这是为什么呢？《庄子闲吹》一书中作者用通俗的语句解释，有的东西过经过脉的地方是说不清楚的，这就是"道"。所谓"道昭而不昭"，讲得清楚的，非道，道不明白的，方是真道。

真正的"道"是无法传授的。

对于"道"的理解，我颇有感触。我曾向一位作家朋友请教怎样写好文章。尽管朋友真诚地跟我谈了不少写作的技巧，也毫不吝惜地将他宝贵的经验和见解和盘托出，让我增长了不少见识。满以为这下肯定得心应手了，没想到写起来还是感觉困难重重。

想来原因就在于此了。如书中说，知识有了，方法懂了，但是并不等于我就悟出了这个写文章的"道"。这是很微妙的过程，是无法讲清楚的。要想写好文章，就得自己去琢磨去领悟其中的奥妙。

当把一切东西都讲透了，那就离"道"越远了！

一棵春天的树

阳台对面，五十米开外处，一片灰瓦砖的矮房和低旧的楼房，众星捧月般围着一棵高大的树。十年来，无论日升月落，阴晴风雨，树总是不卑不亢笔挺地站在那里。

我家住六楼，一眼望去，刚好与树顶平视。树就像我的一位谙熟久知的朋友，我关注它枝繁叶茂的变化，为它春夏秋冬的繁盛荣枯感到欢欣与失落。

三月，乍暖还寒。正值长新芽，远远望去，像谁用画笔沾上点点绿墨，在阳光的照耀下，绿得鲜亮，绿得乍眼。

可曾想，冬天，人们把赞美给了凌寒的梅花、常绿的万年青、傲霜的松树，有谁在意，被季节遗忘在寒风冷雨中的树，只余残枝败叶，孤独无助得让人怜惜。

当春天临近，它又不知从哪里生来的力量，立刻焕发出生机，绿意葱茏让你不敢相信自己的眼睛！它用隐忍与毅力，默默奋力与风霜抗争，在逆境中蓄存力量，终迎来属于自己的绚烂的春天！

　　远远地，我感受到树强大的生命力。粗壮的根紧紧抓住泥土，努力向上伸展着手臂，仿佛要将所有精力发于每一片树叶，每一根枝条，在和煦的春风中、在大好的春光里抖展一树明媚！

　　一墙之隔，我与树相望。它绿意正浓，泰然而立。我想，我读懂了它的内心。四季更替，花谢花开，世间本无完美，生命的精彩莫过于，抵过岁月侵蚀，在自己的年华里安然与坚强。

想念至天涯

看遍书卷，漫漫诗篇，写不尽绸缪缱绻。尘烟蒙蒙，谁将短笛清怨，吹得缠绵婉转？山长水阔，柔肠寸断为谁牵绊？晨晓红霞，斜风碎散，心添皱痕浅浅。

静夜，孤灯，子影，素笺，交织的一笔一画如你青丝缠绕指间，凌乱的心绪剪不断，理还乱。思念从笔尖滑落，偶一顿抑，浸成一朵忧伤的云。情至深处，一纸鸿雁又怎能载我重重叠叠心事？

佛说，前世五百次回眸，才换今生一次擦肩。近在咫尺，却无法执手；红尘缘浅，偏与你遇见。你我之间，终似镜花水月，相隔一生距离。

而我笃信，那世烟花三月，素静的心再无安谧。你风华正茂，潇洒倜傥，我明眸冰清，碧玉之年，缘定命运一隅。君怀傲世才华，挥毫作书，伫旁磨墨陈纸红袖添香；月下袖舞，与君推杯换盏把酒言欢，尽诉衷肠；任君游遥千里，心随云迹四海，独上高楼，望尽千帆，盼至天涯……

红豆更懂相思意，又怎不知为谁憔悴？滴血为盟，化作心口一颗朱砂痣，一印便穿越了千年……

今夜，你在哪？我独自徘徊，浅吟低诵的只是残篇断句；琴声幽幽如诉如泣，可有触你心弦？想要的醉，难解的愁，半梦半醒间迷离。几多情思悸动？几许爱恨交织？几番离愁别怨？恍然梦中，烟雨重重，我撑一把纸伞，走在江南温婉的故事里，思愁深锁眉间，走不出潮湿心迹。

雨敲窗格，陌上花开，你的名字织进光阴的锦帛，如盈舞蝴蝶，绚丽了我如诗韶华。一念执着，我画地为牢，任岁月梳洗红颜慢慢苍老，只想，做一个恋恋红尘的女子，低到尘埃，然后开出最美的花。

倘若可以，我不问来世，只求今生。合十指虔诚于佛前祈愿，在时光深处静默守候，若一朵清美的百合花，心无旁骛地盛开，你看见也好，若别离，我将想念至天涯。

你不说，我怎么知道你爱我

　　他从部队带回来一颗狼牙饰件。战友说狼牙可以避邪，他就买了，但他没有胸前佩饰的习惯，四下寻找挂处，看见床边靠她睡的那一侧有衣架，就挂了上去。她看了看那饰件，虽说白森森的狼牙怪吓人，心想辟邪之物应该就是这样吧。于是就转身进了厨房。

　　这几日他总做噩梦，于是就想起了那狼牙。在卧室四处翻找，均不见踪影。问她，她也奇怪："你不是挂在衣架上的吗，我也没动过，咋就不见了呢？"

　　他有些急了："你能不能不要动我挂的东西呢？"

　　她也觉得委屈："我确实没动过你挂的饰件。你怎么不自己收拾好？你不会挂你床头那边？"

　　他冲口而出："我那不是想让它离你近点吗！"

　　她一下愣住。半晌，她低声说："我以为你就随手一挂……想离我近点，你多说句话不行吗？你不说，我怎么知道你为我好。"

　　他望着她，轻轻弹一下她的脑门："这么明显的事还用说？我怎么知道你会这么笨？"

　　她鼻子一酸，心里喃喃："唉，不是一般的笨哪！"

冬天的暖壶

　　这几天，我翻箱倒柜，找出一个暖壶。我怕冷，入夜冰凉的双脚让我难以安心入睡。于是想起了它，一个许久不用被遗忘的旧暖壶。

　　这还是母亲那一代用过的器物了。盘子般大小，扁圆的南瓜状肚儿，全铜制的外壳被磨得不怎么光亮，提手把儿也不知道哪去了。它的肚量却不小，能轻而易举装下半瓶开水。不精致不轻便都不要紧，我抱着它想，我舍不得的，是它极好的保温功能终于能让我睡个好觉。

　　晚上我灌完开水，拧上盖子，正欲抱起，只听"小心，烫"！他立即跑过来，一把拉开我的手。"得找个布之类的包上，这么烫的水会烫伤手的！"他一脸责备，然后跑进卧室，翻出一块旧布，把暖壶整个儿包了个严实然后打上结。

"喏，这样就不烫了。"看着包成粽子般的暖壶，我忍不住笑出声来。他抱起暖壶进了卧室，将暖壶放在我的脚边。他没注意到，我站在他身后，眼底蒙起一层薄雾。

这个冬天，他俨然把睡前烧开水灌暖壶当成了自己分内的事。只见他把暖壶早早地拿出来，倒出昨晚已冰凉的水，再慢慢灌进新烧的开水，不多不少大半壶，然后擦干壶身，包好提起放进我的被窝。

我的被窝，一直暖暖的，暖到心里，暖到梦里。

有时，他出差或者在外应酬，我就自己灌暖壶。我总是笨手笨脚地灌好包好，然后小心翼翼地抱在怀中，像怀抱一个初生的婴儿。热水在壶内晃荡，暖意遍布全身，心里忽然就抽出缕缕甜蜜。小小的暖壶，就像我的爱情，朴实无华却实实在在地温暖了我的整个冬天。

像童心一样快乐

一天，我带四岁的女儿去逛街。由于喜欢出门的缘故，她看上去很开心。突然她停住了，伸出一只手摊开掌心，问我："妈妈，你相信吗，我能抓住阳光。"我一愣，这时太阳正好照在她粉嫩的小手心，她把掌心握紧然后打开："看，我抓住阳光了！"女儿咯咯地笑起来，她的笑声很甜很脆，特别有感染力。我的心一下子在她的笑声中融化了——那是一颗多么快乐的童心啊！

结账时，营业员找了个硬币，女儿没拿稳，硬币骨碌碌地在地上滚，她就趴下去追，用手一捂，没捂住硬币又跑了，她又欢笑着扑上去捂……坐三轮车上，风把她的裙子掀得鼓起来，像一个圆圆的灯笼，她又笑得灿烂："快看，裙子，哈哈……"我不由得跟她一起开怀大笑。

　　童心单纯，我们习以为常的一个事物，一件小事，在孩子的眼中却是信手拈来的快乐。很多时候我们忙于低头赶路，不经意间忽略了生活原本的纯真和乐趣。

　　童心快乐，就在于那阳光一样明亮的心态，棉花一样柔软的心，带着小草初探头的欣喜的萌动，感动于一颗滚落的露珠的洁莹，满怀一朵鲜花盛开的喜悦和憧憬。敞开心扉去感受去捕捉，快乐就在身边，像童心一样快乐，简单而自在。

做"傻事"的孩子

立春不久，我为五岁的女儿买了一包花种，在阳台的一个空花盆里撒下种子。女儿高兴极了，天天守在花盆前，盼着种子快快发芽，早日开出鲜艳的花朵。

一天，我在书房写字，女儿独自在外屋玩。休息时我出去看看她在干什么，眼前的一幕让我大吃一惊：蹲在阳台上的女儿，手里握着一把小铲子，铲子上沾满了泥。我下意识地望向那刚撒下种子的花盆，只见盆里平展的泥土已被翻得乱七八糟……

刚撒的花种本就娇弱，经她这么翻动折腾，成活的概率就很小了！我大声道："你怎么这么傻，谁叫你去翻土的？这下怎么能长出枝叶开出花来……"

女儿显然被我的嚷声吓住了，低着头不出声。过了好一会儿她才说："昨天你不是给我讲了植物的根吗，种子埋到土里就能吸取到水分和养分，长出根和枝叶，我想看看它的根长得什么样子，是怎样抓住水分和养料的……"

原来，她做这"傻事"完全出于强烈的好奇心和探求欲！想起科学家培根说过的一句话："好奇心是幼儿智慧的嫩芽。"就像当大人们不理解幼小的爱因斯坦何故要做亲自孵小鸡这种"傻事"时，殊不知，他那敏感好奇的触角已伸向通往知识的殿堂，叩响了通往科学领域的大门。

我为自己错怪了女儿感到惭愧。这些"傻事"其实是孩子善于思考，实践探索的行为！这不正是当今时代发展所需要的可贵精神吗？

我想，我们应当用包容和理解去保护孩子那珍贵的思想火花，鼓励和引导他们张开求知的翅膀，去探索未知世界的无穷奥秘。

放飞理想

有天我问五岁的女儿："你的理想是什么？"满以为女儿会和同龄孩子一样宏志远大地回答想当科学家宇航员之类，没想到女儿想了想，用稚气的童声答道："长大当厨师！"按理说，我应该为女儿有想法有主见感到高兴，但由于这个答案与我的预料相去实在太远，所以多少还是让我感到些许失落。

我想，我和她爸爸都是公职人员，耳濡目染间她怎么也会树立一点与此相关的理想吧，怎会有去厨房掂大勺的想法？跟爱人谈起这件事，爱人的回答更出乎我的意料："想当厨师有什么不好？这不是一个挺好的理想吗！"

是我的想法错了吗？爱人的赞同让我陷入深思。

和天下父母一样，我也望子成龙，盼女成凤，为了女儿有一技之长，半年前，我带她进了钢琴班，学起了舞蹈课，一心想让女儿接受一些高雅的艺术熏陶，为将来立于社会打下基础。我多么希望女儿能按照我为她设计的人生道路去思考未来，成长成才！

爱人见我眉头紧蹙，便给我说起一个故事。美国一家教育机构到一所学校去做过这样一个实验，询问一个班的孩子们各自的理想是什么。一些孩子说出了自己五花八门的理想，其中不乏当花匠之类，另一部分孩子则一脸茫然，表示根本没有想过这个问题。该机构对孩子们进行了二十年跟踪调查，最终结果显示，当年那些有理想的孩子大多已成为各自爱好领域的顶尖人才，而那些没有理想的孩子，浑浑噩噩度日如年，整日为填饱肚子而奔波劳碌。

"三百六十行，行行出状元。理想不一定非得多么宏伟远大，重要的是心中要有理想。"爱人说，"有了理想，才有了为之奋斗的目标和动力。"

人生是船，理想是帆，扬帆起航才能到达现实的彼岸。我要做的，是鼓励孩子朝着心中的目标，在人生的道路上乘风破浪，奋勇前行！